Salopão
UM JUMENTO DO SERTÃO

Fernando Limoeiro

ilustrações
Tales Bedeschi

3ª edição
Belo Horizonte | 2021

Título: Salopão, um jumento do sertão
Texto © copyright 2014, Fernando Limoeiro
Ilustrações © copyright 2014, Tales Bedeschi
Este livro não pode ser reproduzido, no todo ou em parte,
sem prévia autorização da Aletria.

Editora responsável: Rosana de Mont'Alverne Neto
Editor assistente: Urik Paiva
Coordenação editorial: Juliana Mont'Alverne Flores
Revisão: Joice Nunes
Projeto gráfico: Romero Ronconi

1ª reimpressão: abril de 2022

L791   Limoeiro, Fernando
        Salopão : um jumento do sertão / Fernando Limoeiro; Tales Bedeschi (Ilustrador). 3.ed. – Belo Horizonte: Aletria, 2021.

        48 p., il.; 13,5 X 20,5 cm

        ISBN 978-65-86881-37-0
        1. Literatura juvenil. 2. Aventura. 3. Cordel. 4. Regionalidade. 5. Relações sociais. I. Limoeiro, Fernando. II. Bedeschi, Tales (Ilustrador). III. Título.

CDD: 028.5

Ficha catalográfica elaborada por Janaina Ramos – CRB-8/9166
Índice para catálogo sistemático: I. Literatura juvenil

Praça Comendador Negrão de Lima, 30 D – Floresta
CEP 31015 310 – Belo Horizonte – MG | Brasil
Tel: +55 31 3296 7903

www.aletria.com.br

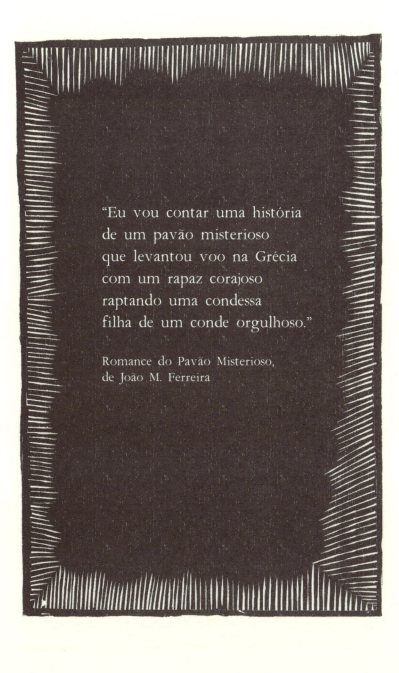

"Eu vou contar uma história
de um pavão misterioso
que levantou voo na Grécia
com um rapaz corajoso
raptando uma condessa
filha de um conde orgulhoso."

Romance do Pavão Misterioso,
de João M. Ferreira

Cordel:
Poesia do povo

Tudo começou na década de 1950, numa feira em Limoeiro. Quando, sob o sol escaldante do agreste pernambucano, um menino curioso viu um poeta de bancada lendo versos em um folheto chamado *O Pavão Misterioso* e ficou abismado. Logo depois, o poeta, com seus óculos colados com esparadrapo, interpretou outro clássico da literatura de cordel, o hilariante e astucioso *As Proezas de João Grilo*. Os matutos, em sua maioria analfabetos, esqueciam o sol, assistindo fascinados e rindo muito dos versos declamados com emoção pelo cordelista Seu Mané Sabe-lê, que sabia retirar dali a sonoridade, o ritmo e a emoção. Nesse período, o cordel ainda era chamado de "folheto de feira" (o termo literatura de cordel é atribuído ao fato de os folhetos serem vendidos pendurados em cordéis). Espantado, o menino constatou que o matuto que viera comprar comida na feira tinha fome de poesia também. Foi aí que o garoto astucioso concluiu:

— Então cordel é pra comer!

E virou artista pra sempre.

A literatura de cordel surgiu na Península Ibérica e chegou até nós, através de Portugal, em finais do século XIX. Os poetas pioneiros mais importantes foram Hugolino de Sabugi, Silvino Pirauá e Leandro Gomes de Barros. Segundo o grande folclorista Câmara Cascudo, os primeiros folhetos de cordel editados no Brasil foram impressos no Recife por

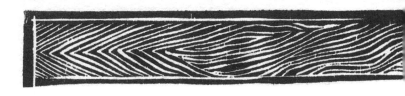

volta de 1873. O cordel teve seu apogeu nas décadas de 40 e 50 do século passado, com tiragens de até dez mil exemplares. Vale ressaltar que o folheto popular resiste e atrai novos poetas até hoje, renovando a temática, mas respeitando a métrica e o estilo. São inúmeras as teses de doutorado e dissertações de mestrado sobre esse gênero popular, como numerosos são também os leitores e colecionadores apaixonados. A inventividade popular fez desse gênero o jornal, a voz amorosa e a crítica do povo nordestino.

Voltando à história do menino: anos depois, como professor de interpretação do Teatro Universitário da UFMG, aprofundou-se nos estudos de poesia popular e tornou-se "cordelista teatral". Fiel às suas origens alimentadas pela cultura popular, passou a encenar, em sua disciplina, teatro popular de rua e cordel. Foi aí que surgiu a necessidade de escrever cordéis específicos para teatro, cujas características – ação, conflito e fortes diálogos nas estrofes – propiciam maior jogo dramático na encenação e favorecem a interpretação. Esse tipo de obra tem por objetivo ser montada, experimentada e reescrita a partir da vivência com a plateia.

A publicação deste cordel é, pois, o resultado dessa experiência rica e motivadora, que teve a chancela do público em sua forma oral e dramática. Cabe a você, criativo leitor, juntar os amigos para ler juntos, de preferência em voz alta, a incrível história de *Salopão, um jumento do sertão*. Quem sabe nascerá um novo poeta de cordel, que nem o menino lá de Limoeiro.

Fernando Limoeiro

Numa feira do Nordeste,
Sob um sol de fogaréu,
Um poeta sertanejo
Vinha vender seu cordel.
Retirando da maleta
Seus versos de menestrel,
Poesia feita na terra
Que deus escuta no céu.

Só andava num jumento
Chamado de Salopão,
Que ajudava no roçado
Cumprindo dura missão
E que sabia os caminhos
Pedregosos do sertão.
Lá vem Manuel-sabe-lê,
O poeta do povão!

Foi pensando em seu jumento
Que o menestrel justiceiro
Resolveu logo escrever
Um cordel bem verdadeiro,
Valorizando as façanhas
Do jumento companheiro,
Pois sabe que um amigo
Só presta se for inteiro.

Armou a sua bancada
Foi juntando muita gente,
Matutos vindos da roça,
Gente sofrida e valente
Que apreciava poesia
Engraçada e inteligente,
Cujo coração tem fome
De beleza permanente.

Gente de mão calejada,
De muito pouca leitura,
Porque fome de poesia
Tem em qualquer criatura.
Não importa pobre ou rico
E nem o grau de cultura:
É dentro do coração
Que se dá essa mistura.

Começou a ler os versos
De forma bem eloquente,
Empolgando a quem ouvia
Com a sua voz imponente.
A roda que se formava
Foi crescendo de repente.
Assim o cordel começava:
Prestem atenção, minha gente!

No livro louco da vida,
Cada página é uma lição.
Não aprende quem não quer
Ou teme a voz da razão.
A história desse jumento
Vai mexer com o coração,
E fazer pensar no bicho
De outra forma e visão.

As coisas pelo Nordeste
Agora estão bem mudadas,
A tal globalização
Já chegou transfigurada.
Vi um jegue transportando
Computador pela estrada,
E a fala do sertanejo
Foi pela Globo alterada.

Motos que cruzam caminhos,
Jumentos soltos na estrada,
Mudou o padrão de vida
Miséria foi desbastada.
Vejo isso com alegria,
Mas com a visão apurada.
O progresso às vezes traz
Uma riqueza enganada.

Salopão era um jumento
Criado como menino.
Atendia pelo nome,
Era obediente e fino.
Só relinchava baixinho,
Era amigo e genuíno.
Aguentava muito peso,
Mesmo magrinho e franzino.

O bicho era um legítimo
Jumento pêga mineiro
Que Emiliano comprou
Numa feira em Limoeiro.
Essa raça de asinino
É um orgulho brasileiro.
Carrega o dono pra casa,
Quando ele é cachaceiro.

Salopão foi um presente
Que do avô Quinzé ganhou,
E na hora da entrega
Ao neto o velho falou:
— De burro ele não tem nada,
Trabalha com muito ardor,
E só fica mesmo agressivo
Se sofrer na mão do tratador.

Pois o velho Emiliano
Era um grande criador.
Jamais batia nos bichos,
Amansava com fervor.
Os jumentos respondiam
Suas ordens sem temor,
Pois o bicho entende bem
Quem lhe trata com amor.

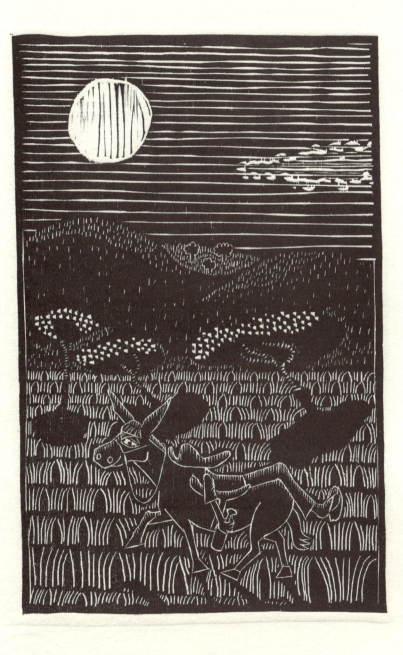

— É um bicho resistente,
No deserto ou no sertão.
Não descansa, come pouco,
É manso, sem agressão.
Só dá coice cutucando
Numas partes; noutras, não.
Ainda guarda rebanho
Bem melhor do que um cão.

Quinzé cresceu arrogante,
Bom de copo e sanfoneiro,
E não tinha a paciência
Do seu avô altaneiro.
Por qualquer coisa espancava
O burro, seu companheiro,
Que suportava calado
O chicote traiçoeiro.

Quanto mais seu patrão
Lhe torturava e batia,
Mais Salopão "jegamente"
Na solidão refletia:
— Como pode o bicho homem
Sentir até alegria
Quando maltrata outro ser
Na mais cruel covardia?

— De tanto ser maltratado,
Meu relincho é diferente.
Me ofendo quando dizem
Que às vezes pareço gente.
Não sou um torturador
Nem levo vida indecente,
Que passa a perna nos outros
Joga sujo, rouba e mente.

Salopão guardava o coice,
Ruminava a humilhação,
Pois ao avô de Quinzé
Devia amor e gratidão.
Um dia o velho o flagrou
Apanhando sem razão,
E na frente do jumento
Deu ao neto uma lição:

— É triste ver o meu neto
Com esse comportamento,
Usando da covardia
Para causar sofrimento
A quem trabalha e carrega
Ajuda no seu sustento,
Pois o coice do patrão
É pior que o do jumento.

Nesse momento o jumento
Relinchou com ironia,
O avô pegou a deixa
E disse com alegria:
— Ele entendeu minha fala,
Provando sabedoria.
Comportar-se como ele
Todo neto deveria.

Quinzé engoliu a afronta
Calado, jurou vingança.
Nunca gostou de jumento,
Desde quando era criança.
Saiu xingando baixinho
Com toda destemperança,
E fez logo um juramento
De acabar com essa herança:

— Assim que o velho morrer,
Vou vender esses jumentos.
Não vou querer repetir
O mesmo procedimento.
Quero criar gado ou bode,
Sair do empobrecimento,
Pois amansar burro brabo
Só me traz aborrecimento.

O tempo passou ligeiro
E o avô morreu sem tormento,
Mas antes pediu ao neto,
Com todo seu sentimento:
— A raça desses meus burros
É um aperfeiçoamento,
Uma melhora genética,
Novo padrão de jumento.

— Mantenha, pois, a linhagem
Nessas terras sertanejas
Do bicho que ajuda o homem
Na lida tão benfazeja.
São resistentes e mansos,
Valentes por natureza!
Não viu que o neto escutava
Com cega astúcia e frieza.

Seis meses após o avô
Ter batido a caçoleta,
Quinzé vendeu a burrada,
Fazendo burrada e treta.
Comprou logo uma moto
Reluzente de cor preta.
Começou a se exibir,
Dando salto e pirueta.

Quando veio o comprador
Pra levar a jumentada,
Salopão logo empacou,
Rejeitando a empreitada.
Quinzé lhe chicoteou,
Ferroou, deu cutucada.
Empurrou pro caminhão,
Sem parar de dar pancada.

— Adeus, Sítio da Esperança,
Adeus, palma e céu azul,
Adeus, carinho do velho,
Vou lá pras bandas do Sul.
Vão me levar de navio
Para virar ração em Istambul.
Minha vida é uma sombra
Do pé de mandacaru.

O jumento assim zurrava,
Lamentando a triste sina,
Mas o destino conspira,
Transforma tudo e ensina.
O caminhão derrapou,
A carga caiu de cima.
Alguns jumentos morreram,
Uns escaparam em surdina.

Salopão saiu mancando,
Sumiu no meio do mato
Como quem busca sentido
Para aquele estranho fato.
Perambulou por seis meses,
Era um caminhante nato.
Percebeu que sua vida
Mudou no momento exato.

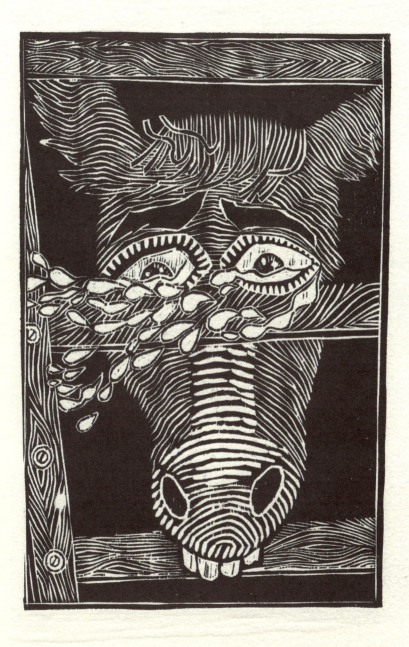

Quinzé caiu na esbórnia,
Gastando tudo o que tinha.
Cachaça, moto e mulher,
Orgias na camarinha.
Voltava pra casa tonto,
Nem capacete ele tinha,
Andando numa roda só,
Querendo fazer gracinha.

Mas numa noite de chuva,
Após dançar num forró,
Resolveu voltar pra casa,
Chumbado como ele só.
Com toda a velocidade
De um boy esnobe e coió,
A moto caiu da ponte
E ele quase virou pó.

Rebentou as duas pernas,
Uma das mãos, cinco costelas.
Deu um corte na cabeça
E afundou a titela.
Foi achado no outro dia
Caído numa cancela,
Sendo lambido na boca
Por uma magra cadela.

Levado pro hospital,
Teve que ser operado.
Acordando, quis saber:
— Quando vou ficar curado?
Será que depois de tudo
Eu vou ficar aleijado
Numa cadeira de rodas
Ou numa cama arriado?

O médico, muito educado,
Explicou com precisão:
— Trocar jumento por moto
Nem sempre é a solução.
Aumentam os paraplégicos
Por todo nosso sertão.
Moto exige treinamento
Precisa de proteção.

— Andam quatro numa moto,
Mais um saco de cimento,
Um cano de cinco metros,
Bambeando com o vento;
Um bacuri amarrado
Chiando, bem fedorento.
Ele, a sogra, a mulher.
E um magrelo catarrento.

Uma noite de lua cheia,
Quinzé, suado, sonhou
Que as orelhas cresceram
E quatro cascos ganhou.
E no silêncio do quarto
Sua cauda balançou.
Sentiu no lombo as feridas
E, relinchando, chorou.

Foi vendendo quase tudo
Pra pagar o hospital.
Nem a cadeira de rodas
Pôde comprar no local.
Foi carregado nos braços
Por antigo serviçal,
E de fato percebeu
Sua miséria total.

De volta ao Sítio Esperança
Tomou um susto danado.
Viu Salopão forte e gordo,
Solto e perto do cercado.
Só não sabia explicar
Como ele tinha voltado.
E pela primeira vez
Ficou emocionado.

Quinzé só tomou tenência
Quando fez um orçamento.
Comprar a cadeira de rodas,
Sem grana, virou tormento.
Lembrou-se da carrocinha
Que lhe apontou o jumento.
Não havia outra saída
Naquele duro momento.

A carrocinha vermelha
Do seu tempo de menino,
Quando Salopão puxava
Como um jegue bailarino.
Ele se sentia um herói
Do agreste nordestino,
Mesmo que a brincadeira
Fosse feita sol a pino.

Foi aí que teve a ideia
Pra sair daquele aperto.
Se a cadeira estava cara,
Pensou logo num acerto.
Na carrocinha sentou-se,
Salopão puxou perfeito.
Um jumento inteligente,
Que lhe levava direito.

Puxado pelo amigo,
Ia pra qualquer lugar.
Salopão conhecia a estrada
Sabia dos buracos desviar.
Quinzé estava arrependido
E agradecia a chorar:
— O que seria de mim
Sem você pra me ajudar?

O jegue ouvia Quinzé
Mostrar o arrependimento:
— Burro fui eu, porque
Causei tanto sofrimento.
Lhe troquei por uma moto
Sem dar reconhecimento.
E agora perdoa minha ingratidão
Aplacando meu tormento.

Então Salopão, rinchando,
Apresentou bem contente
Uma jumentinha pêga
Buchuda e muito carente.
O nome dela era Odete,
Rajada e com belos dentes.
Meses depois nasceram
Dois jumentinhos decentes.

Odete era uma jumenta
Bonita e bem vaidosa,
Usava brinco e batom
E uma sela formosa.
Fez chapinha na crina,
Pintou os cascos de rosa.
Tinha cílios postiços,
Rebolava bem fogosa.

Passando no jumentódromo,
Viu num muro anunciado
Uma corrida de burros
Com um prêmio avantajado.
Concorrendo com jumentos
Vindo de outros estados
O vencedor ganharia
Dinheiro bem arretado.

Quinzé, vendo o anúncio,
Quis logo se inscrever.
E Salopão, animado,
Preparou-se pra correr.
Comeu palma com pimenta,
Disparando pra valer.
Virava a noite treinando,
E só pensava em vencer.

Quando disparou o tiro,
Salopão saiu na frente.
Em vez de mostrar cansaço,
Sorria, mostrando os dentes.
Quinzé agarrado em cima,
Gritava: — Bicho valente!
Todo alegre, pensava o jumento:
— Minha raça é resistente.

Salopão saiu na frente,
Correndo como um vitelo:
— Ele é muito mais veloz
Que Rubinho Barrichello.
Quinzé, coitado, tremia
Que nem vara de marmelo.
Cruzou a linha de chegada,
Campeão verde e amarelo.

Sua criação de pêga
Novamente prosperou.
Quinzé voltou a estudar,
Seu espaço conquistou.
Uma cadeira de rodas
Bem moderna ele comprou.
Estudou veterinária,
Só boas notas tirou.

No dia da formatura,
Uma doidice aprontou.
Foi receber seu diploma,
E a todo mundo assustou.
Foi vestido de jumento
E o microfone tomou.
Agradeceu aos seus mestres
E bem alto relinchou:

— Neste momento enalteço
O jumento e sua memória.
Carregou Jesus no lombo,
Na fuga e na maior glória,
Escapando de Herodes,
Criando uma trajetória.
Dom Quixote e Sancho Pança
Tinham um jumento na história.

— Devo tudo que hoje sou
Ao amigo Salopão,
Que salvou minha vida,
Me dando grande lição,
Pagando com seu amor
Toda minha ingratidão.
Lhe dedico meu diploma
Como prova de afeição.

Aplauso com gargalhada
Nesse momento explodiu,
E a gratidão com o riso
De repente se uniu.
E um som vindo de fora
Todo mundo ali ouviu:
Um relincho de justiça
Cobriu os céus do Brasil!

E assim ficou provado
Esse fato interessante.
Quem chama burro de burro
É um grande ignorante
Pois, além de lutador,
Salopão foi elegante,
Pois a Quinzé ensinou
A ser humano em todo instante.

Quando acabou a leitura,
Manuel-sabe-lê estava muito contente,
Pois mesmo estando o tempo todo de pé,
Sob um sol tão inclemente,

Ouviu aplausos e risos
E vendeu seu cordel pra toda gente:
Para o padre e o lavrador,
Comerciante e tenente

Depois montou no jumento
O seu herói do coração
E voltaram para casa
Carregados de emoção.
Sua missão foi cumprida,
A poesia virou pão
E saciou outra fome
Do povo bom do sertão!

Fernando Limoeiro
Autor

É com o barro dos sonhos que fui feito. Minha história começa num Domingo de Ramos, 18 de março de 1951, no agreste setentrional de Pernambuco. Nasci em Boa Vista e fui criado em Limoeiro, cidade amada que me adotou. Daí o pseudônimo: Fernando Limoeiro. Sou filho de uma enfermeira e um funcionário público, e neto de Ermírio Camêlo, avô e guia eterno. Antes de tudo, sou um apaixonado contador de histórias. Para isso, uso o teatro, o mamulengo, o cordel e a literatura de uma forma geral para reinventar, contar e cantar minha gente e sua rica cultura. Meu universo é o circo popular, com os seus safados e ardilosos palhaços e trapezistas banguelas. Cresci ouvindo os cantadores, emboladores, mamulengueiros, cirandeiros e vaqueiros ensolarados. Sou, antes de tudo, um matuto sertanejo deslocado na metrópole. Formei-me em Interpretação Teatral pela FASCS – Fundação das Artes de S. Caetano do Sul, em São Paulo. Escola de palco e vida. Atualmente sou professor do Teatro Universitário da UFMG e continuo com ensolarado entusiasmo de contar histórias da cultura do povo.

Tales Bedeschi
Ilustrador

Nasci no ano de 1985. "Eu nasci no dia de sábado, no domingo eu caminhei. Quando foi segunda-feira, capoeira eu joguei!" Essa historinha, na verdade, é formada de quatro versos que compõem uma ladainha de capoeira angola, prática em que se pula no ar e rola-se no chão. Ela é quem faz as linhas dos meus desenhos e xilogravuras dançarem. Jogo capoeira desde 2004, época em que comecei a fazer gravuras, na minha graduação na Escola de Belas Artes da UFMG. Nessa escola, tornei-me Mestre em Arte e Tecnologia da Imagem, assim como fui professor, em 2014. Minha vida, portanto, se faz no trânsito entre o atelier e a escola, e entre exposições de artes plásticas e rodas de capoeira: dois rituais que organizam minha noção de cultura e arte. Trazer a xilogravura do contexto das galerias de arte para um livro de cordel foi um exercício particular de escuta da estética do Mestre Limoeiro. Uma poesia deliciosa, que lembra a sabedoria irreverente dos Mestres da nossa cultura brasileira. Uma poesia cantada, esperta e sorridente que pegou na cintura do meu desenho, chacoalhou e chamou-o pra dançar.

Esta obra foi composta na fonte
Aquifer e reimpressa em
2022 para a Editora Aletria.